Les 30 plus belles
histoires pour
les tout-petits

Coordination éditoriale : Alice Liège
Maquette : Laure Massin

ISBN : 978-2-07-066275-3
© Gallimard Jeunesse 2007, pour cette anthologie,
2014, pour cette édition
Numéro d'édition : 271050
Loi n° 49-956 du 16 juillet 1949
sur les publications destinées à la jeunesse
Dépôt légal : octobre 2014
❦ Imprimé en Chine

Illustrations
Couverture : Marguerite Courtieu, Bénédicte Guettier,
Axel Scheffler, Georg Hallensleben, Tony Ross et Antoine de Saint-Exupéry
Page 2 : Quentin Blake. Page 3 : Colin McNaughton,
Axel Scheffler, Antoon Krings, Tony Ross et Rosemary Wells
Page 4 : Quentin Blake Page 5 : Tony Ross et Emma Chichester Clark
Page 142 : Georg Hallensleben. Page 143 : Charlotte Voake
Page 144 : Leslie Patricelli

Les 30 plus belles
histoires pour
les tout-petits

GALLIMARD JEUNESSE

Saute, saute, Pénélope !

ANNE GUTMAN • GEORG HALLENSLEBEN

Pénélope voudrait chanter
à Papa et Maman la jolie chanson
qu'elle a apprise à l'école.
Mais elle ne se souvient plus
très bien des paroles…
Peut-être que tu pourrais l'aider ?

Pénélope commence à chanter :
– Saute, saute, petit… petit quoi, déjà ? Ah, oui, petit éléphant !
Saute, saute, petit éléphant, reprend Pénélope. C'est bien ça ?

Mais non, voyons,
les éléphants ne sautent pas,
ils sont trop lourds.
Saute, saute, petit LAPIN.

Pénélope continue sa chanson.
– Saute, saute, petit lapin,
nage, nage, petit…
qu'est-ce qui nage ?
se demande Pénélope.
Ah, oui, je sais ! Nage, nage,
petit chaton. C'est bien ça ?

Oh, là, là, non, pauvre chaton !
Les chats n'aiment pas l'eau, ce sont les poissons
qui nagent. Nage, nage, petit POISSON !

Pénélope reprend sa chanson :
– Saute, saute, petit lapin, nage, nage, petit poisson, vole, vole, petit… petit ?
petit ? Ah, oui ! Petit chameau ! se souvient Pénélope. C'est bien ça ?

Les chameaux ont des bosses, pas des ailes, voyons !
Ce sont les papillons qui volent.
Vole, vole, petit PAPILLON !

– D'accord, reprend Pénélope :
Saute, saute, petit lapin, nage, nage,
petit poisson, vole, vole, petit papillon,
rampe, rampe, petit… petit ?
Qu'est-ce qui rampe ? se demande Pénélope.
Ah, oui, c'est le joli mouton !
C'est bien ça ?

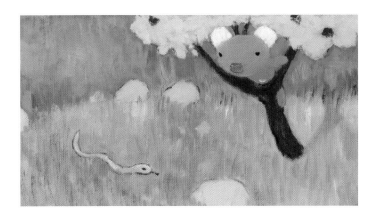

Mais, non, voyons,
la petite Pénélope-tête-en-l'air
s'est encore trompée !
La laine du mouton
serait bien râpée s'il rampait.
C'est le serpent qui rampe,
pas le mouton.
Rampe, rampe, petit SERPENT.

– Bien sûr, c'est le serpent ! s'écrie Pénélope. J'adore cette chanson, reprend
Pénélope à tue-tête : saute, saute, petit lapin, nage, nage, petit poisson,
vole, vole, petit papillon, rampe, rampe, petit serpent.

Bravo ! La chanson a beaucoup plu à Papa et Maman.
Voler, nager, sauter… et qui est-ce qui court ?

C'est Pénélope !

C'est génial !

QUENTIN BLAKE

Quand Alice joue
de la trompette,
ça résonne fort dans
nos têtes !

Quand Martin
est à la batterie,
il fait plutôt un sacré bruit.

Quand Cymbeline
fait du violon,
ciel ! quelle douce émotion…

Mais quand ils jouent
tous en même temps,
c'est génial, génial vraiment !

Quand Esther
pique une colère,
c'est tout à fait extraordinaire.

Quand Benjamin
se met à hurler,
ça fait le bruit
de dix bébés.

Quand Théo tombe dans la poubelle,
le vacarme redouble de plus belle.
Mais quand ça leur prend tous en même temps,
c'est génial, génial vraiment !

La mélodie du Klaxon

Quand Max travaille
avec sa tête,
qu'il est en train de penser,
pour l'aider
à se concentrer…

… on fait POUËT POUËT
POUËT !

Quand Adeline chante
une chanson triste,

elle n'est pas gaie,
notre artiste, et c'est pour
la consoler en fête…

… qu'on vient
lui claironner
POUËT POUËT
POUËT !

Bien au chaud sur son canapé,
Oscar est en train de rêver.
Pour encore mieux le bercer,
il lui faut un petit air chouette…

… une sérénade :
POUËT POUËT POUËT POUËT !

Beau temps pour les canards

Tout près de la rivière,
nous ce qu'on préfère,

c'est patauger dans la mare
en chantant avec les canards
COIN COIN COIN COIN !

On a tous mis des bottes, un ciré,
nos parapluies, des pull-overs
pour chanter avec les cols-verts
COIN COIN COIN COIN !

14

On se moque bien de la pluie,
on se moque bien des nuages.
Sous le ciel de plus en plus noir,
on chante très fort comme les canards
COIN COIN COIN COIN COIN COIN !
C'est génial et on s'amuse bien !

Glissades

Le soir, l'hiver, c'est triste dehors !
Faire du toboggan, nous on adore.
Sur la rampe de l'escalier !
ZZOUM, c'est génial, génial
de se laisser glisser !

Quelquefois le toboggan…
c'est la trompe d'un grand éléphant.
ZZOUM, c'est génial, c'est épatant !

Dans le soleil, la neige et le vent,
la montagne on la descend.
ZZOUM, c'est génial, c'est grisant !

BOUM !

Un peu de rangement,
ça ne fait pas de mal

Un peu de rangement
  DING DONG BANG !
Ça ne fait pas de mal
  BING BONG CLANG !

Un peu de rangement
  DING DONG BANG !
Ça ne fait pas de mal
  BING BONG CLANG !

Un peu de rangement
DING DANG BONG
  TING TANG BING BANG
CLANG DING !

AÏE !

Berceuse

Les étoiles brillent dans le ciel.
La pleine lune étincelle.
Les chats perchés sur les poubelles
hurlent des chants d'amour à leurs belles
MIAOU MIAOU MIAOU MIAOU
MIAOU MIAOU !

Les voisins réveillés en sursaut
se penchent à leurs carreaux.
Mais qui sont ces affreuses bêtes
qui nous cassent ainsi la tête ?
MIAOU MIAOU MIAOU MIAOU
MIAOU MIAOU !

Mais nous, on est ravis
de ne pas dormir la nuit.
Miauler le soir, c'est moins banal,
MIAOU MIAOU, c'est même génial !
MIAOU MIAOU MIAOU
MIAOU MIAOU
MIAOU !

C'est génial !

Un grand nettoyage
de printemps,
C'est génial pour les petits
et les grands.

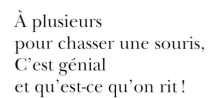

À plusieurs
pour chasser une souris,
C'est génial
et qu'est-ce qu'on rit !

Finir les pots de peinture,
C'est génial !

Pour soutenir Mamie qui s'évanouit
on se précipite tous.
C'est génial ! Ouf !

Quand Fernand décide
de faire un gâteau au chocolat,
à la banane, c'est trop beau !
À votre avis, qu'est-ce qu'on dit ?

C'est génial, merci !!!

Melrose et Croc retrouvent le sourire

EMMA CHICHESTER CLARK

C'était une belle journée ensoleillée, pourtant quelque chose n'allait pas.
– Que se passe-t-il ? demanda Petit Croc Vert.

– J'ai perdu mon sourire, répondit Melrose.

– Eh bien, allons le chercher ! proposa Petit Croc Vert.

21

Melrose et Petit Croc Vert montèrent dans la voiture
et partirent à la campagne.
– Mais comment faire pour le retrouver ? s'inquiéta Melrose.

– Tout d'abord, il faut courir le plus vite possible…
comme ceci !

Puis, il faut sauter
de l'autre côté
d'un ruisseau sans
toucher l'eau…

comme ceci !

Ensuite, il faut poursuivre un écureuil
jusqu'en haut d'un arbre…

comme ceci…

… et dire un petit bonjour
à toutes les vaches,

comme ceci ! ajouta Petit Croc Vert.

– Après, il faut cueillir une fleur jaune
et la sentir, comme ça…

et attraper au vol
une feuille morte, comme ça…

... et la faire tenir en équilibre
sur le nez, comme ça,
et monter à reculons
tout en haut de la colline,

comme ça ! dit encore Petit Croc Vert.

– Ensuite, il faut s'asseoir dans un très
bel endroit et ne plus penser à rien…
– Que cherchions-nous ? demanda
Petit Croc Vert.

– Je ne sais plus ! répondit Melrose
en souriant, comme ceci !

Un amour de petite sœur

Jean-Baptiste Baronian • Noris Kern

Ce matin-là, Valentine, la petite sœur de Polo, vient de se réveiller.
– Tu entends ? Il y a un oiseau. Oh ! J'aimerais le suivre.
Polo, encore tout endormi, se frotte les yeux.
– Que dis-tu, Valentine ? Quoi ? Un oiseau… où ça ?
Valentine ! Où vas-tu ? demande Polo. Ne veux-tu pas rester
au chaud avec Maman ?

– Viens avec moi, dit Valentine.
– Valentine ! Fais attention ! crie Polo.
Valentine n'écoute pas. Elle tombe et roule sur la pente
comme une boule de neige.

Pinpin et Philippine,
les deux petits pingouins,
essaient d'aider Valentine.
– Au secours ! À l'aide !
crient-ils.
Polo arrive à toutes pattes.
– Tu es terrible, Valentine !

– Je veux jouer avec
les pingouins ! dit Valentine
tandis que son frère
lui enlève la neige des yeux,
du museau et des oreilles.
Sais-tu que les pingouins
ne sont pas comme
nous, les ours ?
Qu'ils n'hibernent pas ?

– Évidemment que je le sais, Valentine.
N'oublie pas que je suis ton GRAND frère.
– Je vais à la pêche, dit Pinpin. Si Valentine est prête,
on pourrait aller tous ensemble sur la banquise.

– Oh! oui, je vais à la pêche avec vous ! s'écrie Valentine
qui file à toute vitesse.
Elle veut arriver la première au bord de l'eau.
– Valentine ! Attends-moi ! dit Polo. Tu n'as encore jamais pêché sur la banquise.

– À ta place, je ne resterais pas
à cet endroit, conseille Philippine
quand ils commencent à pêcher.
C'est dangereux. La glace est
trop fragile, elle se casse déjà.
– Mais non, Philippine !
répond Valentine. Je suis bien, ici !
Je vois des poissons de toutes
les couleurs au fond de l'eau.
Je vais les attraper pour toi,
ton frère et...

La glace se brise, juste sous ses pattes, formant
une petite île rapidement emportée par le courant.
– Ne me laissez pas ! Ne me laissez pas toute seule !
hurle Valentine.

Heureusement une famille de phoques a tout vu.
Ils parviennent à retenir la petite île.
– Je glisse ! Je ne sais pas nager ! s'écrie Valentine.
Polo, viens vite me sauver !

En ramenant sa sœur,
Polo lui dit :
– Je ne sais pas comment
tu te débrouilles, Valentine,
mais tu es toujours
là où il ne faut pas.
Tu n'es pas une petite sœur
très sage !

Pour une fois, Valentine reste muette.
Elle a froid, elle a eu si peur. Polo lui frotte
le dos et la console. Pinpin essaie
de lui donner un peu de sa chaleur.
– Je te promets de t'écouter plus,
et de faire moins de bêtises,
murmure Valentine.

– Quelle bonne nouvelle,
Valentine ! Rentrons,
maintenant, propose Polo.
En arrivant au pays
des ours, Polo et Valentine
disent au revoir aux petits
pingouins.
Valentine dit tout bas à Polo :
– Je dirai à Maman
que tu m'as sauvée.

– Ne raconte rien à Maman, répond Polo.
Elle va se faire du souci. Gardons pour nous
cette petite aventure. Ce sera notre secret.

De retour à la tanière, Polo fait *chut ! chut !*
Leur maman dort profondément. Polo et Valentine
se blottissent en silence contre elle.
– Fais de beaux rêves, Valentine !
Tu es bien turbulente,
songe Polo,
mais tu es un amour
de petite sœur !

Bouh Samson !

Colin McNaughton

Où est
Monsieur Loup ?

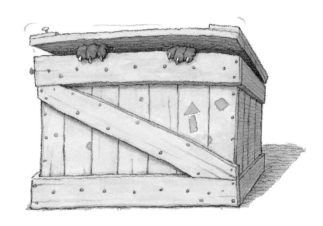

Bouh !

Il est là !

Où est
Samson ?

Bouh !

Il est là !

Où est Monsieur Loup ?

Où est Samson ?

33

Bouh !

Les voilà !

Je veux ma tétine !

TONY ROSS

– Je veux ma tétine !

– Tu as encore besoin
d'une tétine ? dit l'amiral.
– C'est bon ! dit la petite princesse.

– Ceci est bien meilleur
qu'une tétine, dit le cuisinier.
– Ce n'est pas vrai !
dit la petite princesse.

– Où est passée ma tétine ?

– ... Je veux ma tétine !

– Que fait-elle sous le chien ?
dit la petite princesse.

– Je ne perdrai plus JAMAIS
ma tétine ! dit-elle.

– JAMAIS, JAMAIS, jamais, jamais...

– On m'a volé ma tétine !
Je veux ma tétine !

– Comment a-t-elle atterri
dans la poubelle ?

– Elle a meilleur goût
quand elle est propre !
dit la petite princesse.

– Elle a encore disparu !
JE VEUX MA TÉTINE !

– Comment est-elle arrivée dans
la mare ? Je ne m'en séparerai
plus jamais !

… Pas de danger avec ce ruban.
– N'es-tu pas un peu grande
pour avoir une tétine ?
dit le Premier ministre.
– Non, dit la petite princesse.

– Les soldats n'ont pas
de tétine ! dit le général.
– Les dames non plus,
dit la gouvernante.

– Moi j'en ai une,
VOILÀ TOUT !
dit la petite princesse.

– Cette tétine est ridicule !
dit son cousin.

– Absolument !
dit la petite princesse.

– Mais elle n'est pas à moi...

... ELLE EST
À MON NOUNOURS !

Les œufs de Meg

HELEN NICOLL • JAN PIEŃKOWSKI

Comme c'était l'heure du dîner, Meg prit son chaudron.

Elle plongea dedans des lézards,

des salamandres, 2 grenouilles vertes

et prononça sa formule magique.

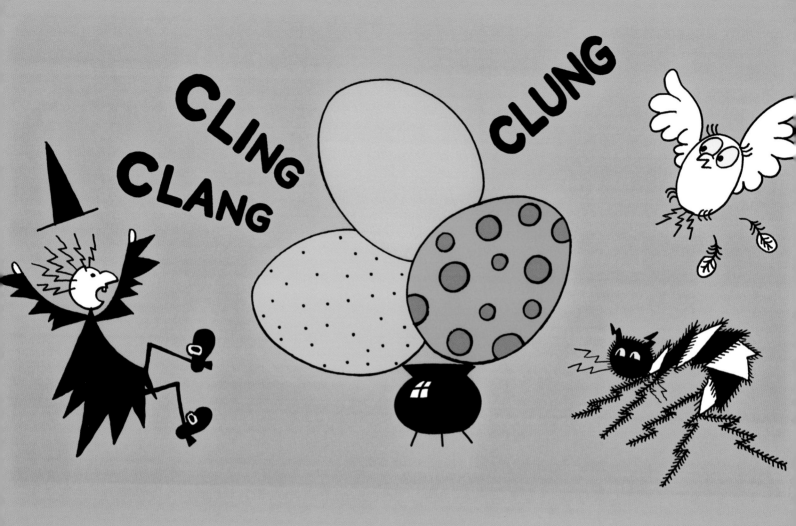

Ils n'arrivèrent pas à casser les œufs et montèrent se coucher sans rien manger.

Au milieu de la nuit, Meg entendit un bruit.

L'œuf de Meg était en train d'éclore.

Il en sortit un dinosaure.

Meg conduisit Diplodocus à la mare.

Tu n'as pas un peu grandi, toi ?

Diplodocus était très content de manger les roseaux.

Mog dormait
auprès de son œuf,

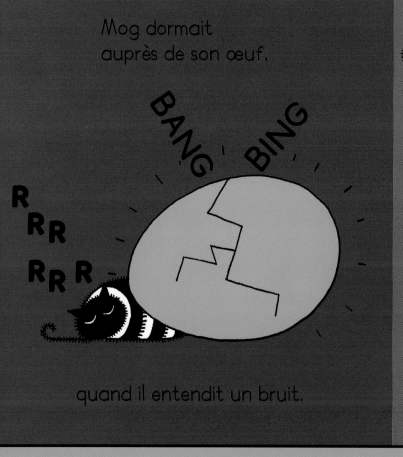

quand il entendit un bruit.

Qui es-tu, toi ?

Stegosaurus.

C'était un autre dinosaure.

Mog conduisit
Stegosaurus
au jardin.

Il mangea
tous les légumes.

98 choux
99 choux
100 choux

Hibou
surveillait
le troisième œuf,

d'où surgit
Tyrannosaurus,
le plus féroce
des dinosaures.

TOC

TOC

CLAC

Ils avaient
très très peur.

Tyrannosaurus
voulait les manger
tous les trois.

Meg fila chez elle et essaya
de concocter une bonne potion.

Pipi caca po-pot !

COLIN MCNAUGHTON

Bébésaure fit un gros caca.
– Mais tu as un petit pot,
Bébésaure ! dit Papasaure.
– Pour quoi faire ?
demanda Bébésaure.
Papasaure le lui expliqua,
ce qui amusa beaucoup
Bébésaure. Il éclata de rire
et chantonna le plus fort
possible :

« Pipi caca po-pot ! »

– Chut, moins fort,
c'est malpoli de crier comme ça.
Bébésaure fit un autre gros caca.

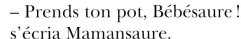

– Prends ton pot, Bébésaure !
s'écria Mamansaure.

« Pipi caca po-pot ! »

chanta Bébésaure
à tue-tête.
– Chut, moins fort !
C'est malpoli !

47

Alors Bébésaure décida de PRENDRE son petit pot.
Il fit des pâtés de sable avec, tout en chantant :

« Pipi caca po-pot ! »

– C'est malpoli ! lui dit Tatasaure.
Il s'en fit un chapeau en chantant :

« Pipi caca po-pot ! »

– C'est malpoli !
lui dit Tontonsaure.

Il s'en servit
pour mettre
des petits gâteaux
et chanta :

« Pipi caca po-pot ! »

– C'est malpoli !
lui dit son ami Nicosaure.

48

Mamansaure et Papasaure
étaient très inquiets
et se demandaient quand
Bébésaure se déciderait
ENFIN à utiliser son pot.
– Ne vous en faites pas,
les rassura l'Institusaure,
il le prendra le moment venu.

« Pipi caca po-pot ! »

chanta Bébésaure à tue-tête.
– Chut ! C'est malpoli ! dit l'Institusaure.
– Ne vous en faites pas,
dit la Grandesœurosaure, plus vous
lui en parlerez, moins il vous écoutera.

« Pipi caca po-pot ! »

chanta Bébésaure.
– C'est malpoli !
dit la Grandesœurosaure.

– Prends ton pot, Bébésaure, lui conseilla
la Voisinosaure, sinon tout le monde
va croire que tu es un vieux bébé.

« Pipi caca po-pot ! »

chanta Bébésaure en prenant une voix de vieux bébé.
– C'est malpoli ! dit la Voisinosaure.

Mais la Mamisaure intervint à son tour :
– Oh, ne vous en faites donc pas pour Bébésaure. Papasaure
était exactement comme lui au même âge. Il refusait obstinément
de prendre son pot.

Alors Bébésaure se mit à rire,
à danser et à chanter :

« Pipi caca po-pot !
Papasaure était comme moi !
C'est Mamisaure
qui l'a dit :
Papasaure était comme moi ! »

Et le Papasaure, qui n'était pas
du tout content, dit :
– Moi, ça m'est bien égal que tu n'utilises
jamais ton petit pot, Bébésaure !
Je m'en moque
COMPLÈTEMENT !

– Comment ? Complètement ?
dit Bébésaure.
Hum…
… je crois que…

… je vais prendre mon petit pot.
Alors tout le monde se mit à chanter en chœur :

« Pipi caca po-pot ! »

Et Bébésaure déclara :
– Arrêtez, c'est malpoli !

Philou
bébé pou

ANTOON KRINGS

Philou bébé pou
ouvre son parapluie
et attend que
le vent l'emporte…

Le voilà parti !
Quelle joie de flotter
comme un petit
nuage !

Mais le parapluie
se retourne et boum !
Philou se retrouve
dans les fleurs de Béa
bébé abeille.

Béa est très fâchée :
– Regarde : mes fleurs
sont toutes décoiffées.

– Oh pardon,
dit Philou,
avec mon peigne,
je vais les recoiffer.
– Merci, Philou,
dit Béa.

Mon bébé

Jeanette Winter

Whoush !
Le vent brûlant souffle à travers la savane
jusqu'à mon village.

Whoush !
Le vent brûlant sèche le tissu bogolan Que Maman
a peint. Son bâton pour peindre fait des allers-
retours du pot de boue au tissu toute la journée.

Maman me donne une bande de tissu à peindre.
— Exerce-toi, Nakunté, dit-elle.
Je plonge mon bâton dans la boue
et je commence à peindre.

Je m'assieds chaque jour sous les branches
du calebassier, pour peindre mes bandes.
— C'est du bon travail, Nakunté, dit Maman,
et elle me donne un grand tissu à peindre.

Année après année, je peins continuellement le bogolan. Tout le village défile pour voir mes tissus...

... à porter pour les mariages,

pour envelopper les nouveau-nés,

pour le voyage vers la Terre promise.

Et, quand je me marie avec Kuomi, je porte le bogolan que Maman a peint spécialement pour moi.

Mon bébé naîtra au moment de la saison des pluies. Je dois commencer le bogolan pour mon bébé.

Je vais au marché chercher le tissu le plus blanc possible.

Personne d'autre que moi ne connaît ce ruisseau.

La boue y est exceptionnelle.

Personne d'autre que moi ne connaît cet arbre.

Les feuilles y sont exceptionnelles.

Et, quand je mélange cette boue et ces feuilles, la boue devient aussi noire qu'une nuit sans étoiles.

Mon bébé, je vais te peindre un bogolan pour t'envelopper. Mon bébé arrivera en même temps que la pluie.

Écoute, mon bébé, entends-tu le roulement des tam-tams ?

Les tam-tams effraient le petit serpent blanc.
Écoute, mon bébé,
le petit serpent blanc qui s'enfuit en rampant.

La moucheture du léopard
lui permet de se cacher.
Écoute, mon bébé,
entends-tu ses pas
dans les fourrés ?

Oh ! mon bébé,
le scorpion peut piquer
avec sa queue.
Prends garde !

Le ruisseau est à sec.
À l'arrivée de la pluie, tu entendras
l'eau couler. Mais qui a laissé
ces arêtes de poisson ?

Quant à l'iguane,
il avance sur ses coudes pliés.
Écoute, mon bébé,
le **sifflement**
de sa langue.

Écoute, mon bébé,
entends-tu
la maman crocodile
se glisser dans la savane sur ses courtes
pattes ? Va-t-elle trouver l'eau
qu'elle recherche ?

Shhhhh.
J'entends un bruissement
de feuilles, mais je ne vois rien.
Mon bébé, entends-tu
ce bruissement ?
Oh, là, j'aperçois la queue
du caméléon qui se camoufle.

Mmmmm,
la fleur du calebassier
sent délicieusement bon.
Sens-tu cette douceur,
mon bébé ?

Écoute, mon bébé, le crouh,
crouh, crouh de la tourterelle. Elle laisse
l'empreinte de ses pattes dans la poussière,
l'une après l'autre, jusqu'au
moment où *pfuit!*
elle prend son envol...

...pour rejoindre les petites étoiles
qui étincellent dans le ciel
Bientôt, mon bébé, tu pourras voir
les petites étoiles scintiller pour toi.

Voilà, mon bébé, le bogolan est fini.
Whoush! Le vent chaud l'a séché.

Oh! la pluie arrive, mon bébé.
Il est temps pour toi de naître.

Salsifi ça suffit !

KEN BROWN

Salsifi, le petit chien tout sale,
s'amusait comme un fou.

Il vidait la corbeille à papier,
plongeait dans le seau à charbon,

arrachait la nappe
en courant

et vidait les oreillers
de leurs plumes.
Un vrai bonheur !

La fermière n'était pas
du même avis.
– Oh toi ! petit cochon,
ouste, sors d'ici !
criait-elle.
Mais Salsifi ne pensait
qu'à s'amuser.

Il courut à la basse-cour
où le coq se pavanait.
– Veux-tu jouer avec moi ?
demanda Salsifi.

– Cocorico ! chanta le coq,
ne sois pas stupide.
Je suis un coq superbe.
Et toi, tu n'es qu'un cochon !

Salsifi courut à l'étang
où nageaient les canetons
et leur mère.
– Voulez-vous jouer
avec moi ? demanda Salsifi.
– Coin-coin, cancana la cane,
pour qui te prends-tu donc ?
Je suis une cane duveteuse.
Et toi, tu n'es qu'un cochon !

Salsifi courut dans la grange
trouver le chat qui chassait
les souris.
– Veux-tu jouer avec moi ?
demanda Salsifi.
– Miaou, miaou, miaula le chat,
quelle idée ridicule.
Je suis un chat superbe.
Et toi, tu n'es qu'un cochon !

Salsifi courut voir
le cheval dans l'écurie.
– Veux-tu jouer avec moi,
s'il te plaît ?
demanda Salsifi.
– Hiiiiiiii, hennit le cheval.
Je suis un magnifique
cheval de trait. Et toi,
tu n'es qu'un cochon !

Salsifi se sentait bien triste.
Qui voudrait donc jouer
avec lui ? Ils avaient peut-être
raison, après tout, il était
vraiment trop sale.
Et, la queue basse, Salsifi
sortit traîner dans la cour.

Tout à coup, un groin
se glissa à travers la barrière.
– Bonjour, dit un petit cochon.
Veux-tu jouer avec moi ?
– Non, répliqua Salsifi.
Je ne suis qu'un cochon !
– Moi aussi, répliqua le cochon.
Viens patauger avec moi
dans la boue.

Et ils se vautrèrent.
Jusqu'à ce que…

65

PLOUF !

– Salsifi, petit cochon !
lança la fermière.
C'est l'heure du bain.
Mais Salsifi n'avait plus besoin
de se laver. Il était tout propre
maintenant…

Roulé en boule dans son panier,
au coin du feu, Salsifi imaginait
les jeux qu'il allait pouvoir
inventer le lendemain avec
son ami le cochon sale.

Petit Gruffalo

JULIA DONALDSON • AXEL SCHEFFLER

Un jour, le gruffalo décida
qu'il était temps de parler à son fils.
– Petit Gruffalo, écoute-moi bien :
ne t'aventure jamais tout seul
dans la forêt, jamais !
– Et pourquoi ça ?
– Pourquoi ? Parce que
tu risquerais d'y croiser la Terrible
Souris ! Je l'ai moi-même rencontrée,
il y a des années de cela...
– Et à quoi elle ressemble,
la Terrible Souris ?

Le gruffalo se gratta la tête :
– Ça fait si longtemps, tu sais...
– D'abord, elle a une force
incroyable, et sa queue
est longue, longue !
Ses yeux sont deux grands lacs
de feu, et ses moustaches,
des épées pointues...

67

Un soir, la neige tombait, le gruffalo dormait...
Petit Gruffalo, lui, n'avait pas envie de dormir. Et, sur la pointe
des pieds, il s'aventura hors de la grotte, vers les bois profonds.

Tiens ? Une trace dans la neige...
et si c'était...
la queue de la Terrible Souris !

68

Une créature sortit de derrière une bûche :
ses yeux n'étaient pas des lacs de feux,
elle n'avait nulle moustache pointue...
– Mais, tu n'es pas la Terrible Souris...
– Non, répondit le serpent.
La Terrible Souris est loin d'ici,
sans doute en train de se régaler
de gruffalo en pâté.

Il neigeait de plus en plus,
et le vent soufflait très fort.
« Je n'ai pas du tout peur »,
pensait Petit Gruffalo.
Ah ! Ah ! Des pas dans la neige...

D'où viennent-ils ?
Où vont-ils ?
Mais voilà qu'en haut
de l'arbre, Petit Gruffalo
aperçut deux yeux
qui brillaient. Et si c'étaient...
les yeux de feu
de la Terrible Souris !

La créature vint se poser
près de Petit Gruffalo. Sa queue
n'était pas longue, elle n'avait nulle
moustache pointue...
– Mais, tu n'es pas la Terrible Souris...
– Non, répondit la chouette.
La Terrible Souris est dans sa maison.
Elle y prépare du gruffalo
aux oignons.

Il neigeait de plus en plus,
et le vent soufflait très fort.
« Je n'ai pas du tout peur »,
pensait Petit Gruffalo.
Tiens, tiens... Encore des pas dans la neige...

Cette fois-ci, c'est sûr,
ils mènent tout droit à...
la maison de la Terrible Souris !

La créature sortit de son terrier.
Elle ne paraissait pas
terriblement forte, elle n'avait
nulle moustache pointue...
– Mais, tu n'es pas la Terrible
Souris...
– Non, répondit le renard.
La Terrible Souris est ailleurs,
en train de faire cuire
du gruffalo au beurre.

Petit Gruffalo
s'assit sur un tronc.
– Tout ça n'est
qu'une farce !
Je n'y crois pas,
à la Terrible Souris !

Mais soudain, il vit une toute petite
souris sortie de son trou.
Elle n'était pas du tout terrible,
elle était mignonne à croquer...
– Attention! Ne me mange pas!
Tu risquerais de le regretter.
Ma meilleure amie c'est...
la Terrible Souris!
Petit Gruffalo s'était donc trompé?
La Terrible Souris existait
pour de vrai!

La petite souris grimpa sur
un noisetier et fit de grands signes
de la main:
– Regarde bien, Petit Gruffalo!

Lorsque la lune fut haute dans le ciel,
une ombre terrible apparut sur le sol.

Mais, cette créature épouvantable,
à la queue immense, aux oreilles gigantesques,
aux moustaches pointues comme des épées, c'est...

... la Terrible Souris !
Terrifié, Petit Gruffalo
s'enfuit à toutes jambes...
Tiens, tiens, des empreintes
dans la neige. À qui sont-elles ?
Et où vont-elles ? Les pas menaient
tout droit à la grotte du gruffalo...

... où un Petit Gruffalo tout apeuré
avait très, très envie de dormir...

...... dans les bras de son papa.

Dans le pré de ma tante

Muriel Bloch • Mireille Vautier

Dans le pré de ma tante, il y a un arbre.
Oh ! qu'il est joli, l'arbre du pré de ma tante !

Dans l'arbre du pré de ma tante, il y a un trou.
Oh ! qu'il est joli, le trou de l'arbre du pré de ma tante !

Dans le trou de l'arbre du pré de ma tante, il y a un nid.
Oh ! qu'il est joli, le nid du trou de l'arbre du pré de ma tante !

Dans le nid du trou de l'arbre du pré de ma tante, il y a un œuf.
Oh ! qu'il est joli, l'œuf du nid du trou de l'arbre du pré de ma tante !

Dans l'œuf du nid du trou de l'arbre du pré de ma tante, il y a un oiseau.
Oh ! qu'il est joli, l'oiseau de l'œuf du nid du trou de l'arbre du pré
 de ma tante !

Sur l'oiseau de l'œuf du nid du trou
 de l'arbre du pré de ma tante,
 il y a une plume.

Oh ! qu'elle est jolie, la plume
 de l'oiseau de l'œuf du nid du trou
 de l'arbre du pré de ma tante !

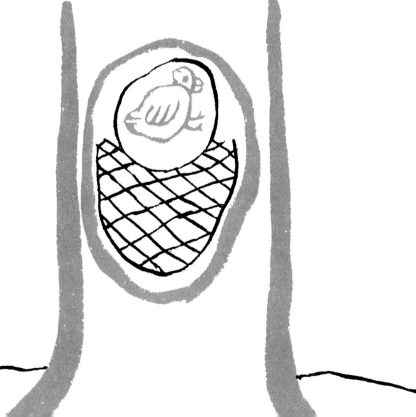

Mademoiselle Mitoufle

BEATRIX POTTER

Voici une petite
chatte qui s'appelle
Mademoiselle Mitoufle.
Elle croit avoir
entendu une souris.

Voilà la souris
qui pointe
le museau derrière
l'armoire ;
elle se moque
de Mademoiselle
Mitoufle.

Ce n'est pas une petite chatte
qui pourrait lui faire peur !
Mademoiselle Mitoufle
a pris son élan juste
une seconde trop tard ;

elle s'est fait mal au nez,
et la souris s'est sauvée.
Elle trouve que l'armoire
est un peu dure.

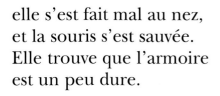

78

Du haut de l'armoire, la souris
observe Mademoiselle Mitoufle.
Mademoiselle Mitoufle
s'enveloppe la tête dans
un mouchoir et va s'asseoir
devant le feu. La souris
croit que la petite chatte
a très mal ;

elle descend le long
du cordon de la sonnette.
Mademoiselle Mitoufle
a l'air de souffrir
de plus en plus.
La souris s'approche
un petit peu plus près.

Mademoiselle
Mitoufle tient sa pauvre
tête entre ses pattes.
Il y a un petit trou dans
le mouchoir, et elle regarde
la souris. La souris
vient encore plus près.

79

Hop ! D'un bond, Mademoiselle
Mitoufle bondit sur la souris.
Puisque la souris s'est moquée d'elle,
Mademoiselle Mitoufle veut se venger,
ce qui n'est pas très gentil
de sa part.

Elle emballe
la souris dans
le mouchoir,
et la lance
en l'air comme
un ballon.

Mais elle avait
oublié le trou
dans le mouchoir.
Quand elle défait
le nœud,
plus de souris !

La souris s'est faufilée par le trou,
et elle a pris ses jambes à son cou !
La voici en train de danser la gigue
sur la corniche de l'armoire !

Baboon

KATE BANKS • GEORG HALLENSLEBEN

Baboon se redressa et, encore endormi, ouvrit les yeux. La grande forêt verte s'étendait devant lui.
– Baboon, regarde, voilà le monde.

– Donc, le monde est vert, dit-il.
– En partie, répondit sa mère.
Et elle emmena Baboon sous les grands arbres.

Une tortue se trouvait au milieu
du chemin. Elle avait les yeux clos
et avançait imperceptiblement.
Baboon la regarda et attendit

qu'elle fût passée. Il attendit
très longtemps.
— Le monde est lent, dit-il.
— Oui, parfois, répondit sa mère.

Une fois la tortue passée, Baboon
suivit sa mère. Un feu brûlait
dans les broussailles. Baboon s'en
approcha pour sentir la chaleur.

La chaleur devint brûlante.
Baboon fit un bond en arrière.
— Le monde est chaud, dit-il.
— Pas toujours, répondit sa mère.

Elle emmena Baboon auprès d'un petit
lac. Il y avait un crocodile au bord
de l'eau ; il ouvrit une large gueule.
– Attention, dit la mère de Baboon,
le crocodile peut te manger.
Baboon n'avait aucune envie
de se faire manger. Il courut
se réfugier dans un buisson.

– Le monde a faim, dit-il.
– Toi aussi, il t'arrive d'avoir faim,
répondit sa mère.
Puis les éléphants surgirent,
quatre par quatre. Ils faisaient
grand bruit et fonçaient,
tête baissée. Une gazelle passa.
Elle n'était pas comme la tortue,

elle était aussi rapide que l'éclair.
Un rhinocéros sortit lourdement
des taillis. Il poussa un féroce
grognement qui terrorisa Baboon.

– Il ne te fera aucun mal,
dit sa mère.
Baboon prit la main de sa mère
et ils traversèrent la prairie.

Baboon se cacha dans les hautes
herbes. Sa mère se cacha à son tour.
Lorsqu'ils se furent retrouvés,
ils s'allongèrent côte à côte.

– Le monde est doux, dit Baboon.
Il était heureux. Il s'étira
et se retourna sur le dos.
Un oiseau vola à tire d'aile.

Un nuage fila dans le ciel. Et Baboon
s'endormit. Lorsqu'il s'éveilla,
le soleil, lui, était en train de
se coucher, juste au-dessus de sa tête.

– Ça aussi, c'est le monde,
dit sa mère.
Baboon se leva.
– Allez, viens, dit sa mère.

Et ils retraversèrent la prairie.
Baboon suivit sa mère en haut
d'un arbre. Sur une branche,
un singe était perché.

Il ressemblait à Baboon.
– Lui aussi, c'est le monde ?
demanda Baboon.
– Oui, répondit sa mère. Et toi aussi.

Baboon l'examina attentivement.
Puis il redescendit de l'arbre, derrière
sa mère. À présent, le troupeau
d'éléphants buvait. Les gazelles
se reposaient. Le feu était éteint
et la nuit était tombée. Baboon
grimpa sur le dos de sa mère.
– Le monde est sombre, dit-il.

– Par moments, chuchota sa mère
en prenant le chemin du retour.
Baboon regarda derrière lui.
Il scruta l'horizon. Tout était noir
à perte de vue.
Il posa la tête sur le cou soyeux
de sa mère.
– Le monde est grand, dit-il.
– Oui, répondit sa mère.
Le monde est grand.

Le Petit Prince et son jardin

D'APRÈS ANTOINE DE SAINT-EXUPÉRY

Le Petit Prince arrache
les mauvaises herbes.

Il tire de l'eau
au puits.

Il arrose sa fleur
chaque jour.

87

Il la protège
des courants d'air.

Et il aime se promener dans un jardin fleuri de roses.

Monsieur Victor et le bébé

CHARLOTTE VOAKE

Il était une fois un petit chien
qui s'appelait Monsieur Victor.
Il passait ses journées dans le jardin
à humer les odeurs et à creuser

des trous dans les plates-bandes.
Il avait une niche dans laquelle
il prenait ses repas et allait
se coucher quand il pleuvait.

Un bébé habitait dans la maison d'à côté.

Tous les jours, le bébé et sa maman
sortaient faire une promenade.
– Bonjour, Monsieur Victor,
disait la maman.

Le bébé applaudissait en riant
aux éclats et Monsieur Victor remuait
la queue. Puis il les regardait s'éloigner.
Il aurait bien aimé les accompagner.

Mais, un jour, Monsieur Victor réalisa
qu'il pouvait se glisser sous la barrière
et rejoindre le bébé. Le bébé était
tout excité. Monsieur Victor bondissait

et agitait la queue en tous sens.
– Quel gentil chien…
Mais maintenant, rentrez chez vous,
Monsieur Victor, dit la maman.

Monsieur Victor ne l'écoutait pas.
Il ne tenait plus en place.
Il remua la queue encore plus fort
et les suivit dans la rue.
Monsieur Victor fut très sage,
jusqu'au moment où il vit
des canards…

– Monsieur Victor,
ici ! cria la maman.

Le lendemain Monsieur Victor
accompagna de nouveau le bébé
pendant sa promenade.
Et, cette fois-ci, il se lança
à la poursuite du chat.

Le jour suivant, Monsieur Victor
aperçut un monsieur à vélo
et se mit à courir derrière lui.

– Est-ce votre chien ?
demandaient les passants
à la maman du bébé.
– Mais non, répondait-elle.

Un jour, la maman du bébé
alla voir ses voisins.
– S'il vous plaît, pourriez-vous
empêcher Monsieur Victor
de sortir du jardin,
demanda-t-elle.

Le lendemain, Monsieur Victor
s'élança vers le bébé qui lui tendait les bras…

Mais, au moment où Monsieur Victor atteignait
la barrière, il dut s'arrêter.
Pauvre Monsieur Victor, il avait été attaché à sa niche !
Il aboya, aboya, mais ne réussit pas à se libérer.

Le bébé et sa maman partirent en promenade.
Bientôt, ils n'entendirent plus les aboiements
de Monsieur Victor. Le bébé était triste.
Et sa maman aussi était désolée
que Monsieur Victor ait été attaché.

Ils avançaient en silence
lorsque, soudain…

SMASH !

BANG !

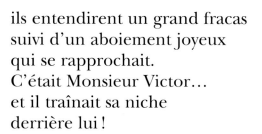

ils entendirent un grand fracas
suivi d'un aboiement joyeux
qui se rapprochait.
C'était Monsieur Victor…
et il traînait sa niche
derrière lui !

Le lendemain, la maman et son bébé achetèrent
une magnifique laisse à Monsieur Victor.
Maintenant, il les accompagnait tous les jours,
et tout le monde était très content,
même les canards !

Frimousses

NICOLA SMEE

J'adore jouer au ballon.

Frimousse joyeuse

Oh ! Un gros ours !

Frimousse étonnée

Il a pris mon ballon !

Frimousse triste

Je suis très,
très en colère !

Frimousse fâchée

Voilà ce que je pense de toi,
gros ours !

Vilaine frimousse

Oh ! là, là ! Le gros ours revient…
avec d'autres ours !

Frimousse inquiète

Que veulent-ils ?

Frimousse joyeuse

Jouer au ballon,
bien sûr !

Et toi, combien de frimousses différentes sais-tu faire ?

Le sac à disparaître

ROSEMARY WELLS

Aujourd'hui, c'est Noël.
– Oh, oh! dit Damien. Il me tarde de voir mon cadeau…

– Regardez ! s'écrie Robert,
le grand frère.
J'ai un équipement complet
de hockey !

– Et moi, annonce
Colette, la grande sœur,
une trousse à maquillage !

– La boîte du parfait petit
chimiste ! claironne Dorothée,
l'autre grande sœur.

– Moi, j'ai un ours, dit Damien,
un ours en peluche !
– Quelle matinée !
Robert manie la crosse,

Colette, les crayons et
Dorothée, pipettes et pilons.
L'après-midi, les trois grands
échangent leurs cadeaux.

Dorothée se pomponne,
Robert joue avec
les éprouvettes et Colette
devient championne de hockey.

Puis Robert se dessine des moustaches, Dorothée marque des buts
et Colette invente un gaz affreux.
– Je peux jouer avec les éprouvettes ? demande Damien.
– Non, tu es trop petit ! répond Dorothée. Tu ferais sauter la maison !

– Je peux patiner ?
demande Damien.
– Non, tu es trop petit,
répond Robert. Tu te ferais mal.

– Je peux me faire une tête
de clown ? demande Damien.
– Non, tu es trop bête, répond Colette.
Tu gâcherais mon rouge à lèvres.

– Mais je vous prêterai mon ours ! dit Damien.
– On n'en veut pas ! On est trop grands ! crient les trois enfants.
– Viens, on va habiller ton ours, propose la mère.
– Non ! répond Damien.

– Viens, on va promener ton ours, propose le père.
– Non ! répond Damien.

Pendant le dîner, Damien boude dans son coin.
– Que lui arrive-t-il ? demande le père.
– Il a dû se donner un coup de crosse, dit Robert.
– Il a dû manger mon rouge à lèvres, dit Colette.
– Non, il a respiré le gaz affreux , dit Dorothée.

Damien boude toujours, près de l'arbre de Noël.
Soudain, il aperçoit un paquet qu'il avait oublié.

Il l'ouvre. Et que découvre-t-il ?
Un sac invisible…
Un sac à disparaître magique !

Damien se glisse à l'intérieur
et…
disparaît !

– Damien ! appelle Robert.
– Je suis là ! crie Damien.
– Où ça ? demande Robert, étonné.

– Où est passé Damien ?
demandent Colette et Dorothée.
– Cherchez-moi ! crie Damien.

Impossible de retrouver le petit frère.
– Et s'il avait explosé ? lance Dorothée.
– Ou alors, il est devenu si beau qu'on ne le reconnaît plus ! suggère Colette.
– Papa ! hurle Robert, Damien patine si vite qu'on ne le voit plus !

La tête de Damien surgit brusquement.
– Où étais-tu passé ? demande Robert.
– J'étais dans mon sac magique, répond Damien.

– Oh, tu me le prêtes ?
s'écrie Robert.
– Moi d'abord ! dit Colette.
– Tiens, prends mes éprouvettes,
dit Dorothée.

Damien ouvre son sac magique
et les trois grands
disparaissent aussitôt.
Damien peut enfin patiner…

inventer de savants
mélanges…

se faire une tête
de toutes les couleurs…

… jusqu'à l'heure d'aller au lit.
– Déjà ! s'écrie Damien.
– Tu me prêteras ton sac, demain ? demande Colette.
– Tu me le prêtes pour dormir ? demande Dorothée.
– À propos, tu l'as bien rangé ? dit Robert.

Et cette nuit-là,
Damien s'endormit heureux,
près de son ours en peluche.

Au lit, Pénélope !

ANNE GUTMAN
GEORG HALLENSLEBEN

– C'est l'heure d'aller
au lit, Pénélope, dit Papa.
– C'est pas juste,
dit Pénélope,

je n'ai pas fini ma course
et puis je n'ai même pas
sommeil !

« Et si...
... je faisais semblant de dormir »,
imagine Pénélope...

« Ou alors…
… si je gardais mes habits
sous mon pyjama :
après le bisou de Papa
et Maman,

je pourrais me relever
pour aller jouer… »

« Et si…
… je mettais une peluche
à ma place dans mon lit,

Papa et Maman ne verraient jamais
que je suis sortie, même lorsqu'ils
viendraient me regarder dormir… »

« Quelle bonne idée ! »
se dit Pénélope,
juste au moment où Papa
et Maman arrivent.

– Oh, là, là, Pénélope !
Mais qu'est-ce que
tu fais ?
– Une bêtise plus grosse
que moi ! répond
Pénélope en riant.

Quelle coquine, cette Pénélope !

La folle poursuite

CLEMENT HURD

Il était une fois un monsieur
qui promenait son chien.
Il croisa une dame qui promenait
son chat.
– Miaou, fit le chat.
– Ouaf, fit le chien.
Et c'est ainsi que commença
la folle poursuite.

Crac !
Le chien cassa sa laisse.

Pfuitt !
Le chat détala.

– Ouah ! Ouah ! aboya le chien en renversant l'échelle.
Le chat courait comme un dératé.

Le chien surgit au coin de la rue lorsque le chat s'engouffra dans une porte.

Le chat bondit par-dessus la table de la cuisine et renversa la casserole de soupe. Le chien passa sous la table.

– Youpiiii ! glapit le chien tandis que le chat s'enfuyait à toute allure.

Le chien sauta par-dessus le canapé et atterrit
sur le ventre du monsieur. Le chat continuait sa course.

Le chat sauta par la fenêtre, l'infirmière trébucha sur la chaise.
Le chien ne trouvait plus la sortie.

– Ouah ! Ouah ! aboya le chien. Le peintre tomba de son échafaudage.
Le chat se réfugia dans la maison.

Le chien courait si vite que le chat fonça droit
dans la vitrine de la pâtisserie.

Le chien jaillit de la vitrine au moment où le chat renversait
la petite charrette de pommes et filait vers la boucherie.

Le chat sauta sur le chapeau du boucher. Le chien ne pouvait pas l'attraper.
Le monsieur était très content d'avoir retrouvé son chien et la dame,
son chat. Alors le boucher donna un os au chien et un poisson au chat,
et c'est ainsi que se termina la folle poursuite.

Trotro
fait sa toilette

BÉNÉDICTE GUETTIER

C'EST LE MATIN,
TROTRO FAIT SA TOILETTE...
D'ABORD, IL SE LAVE
LES MAINS...

ENSUITE, IL SE DÉBARBOUILLE
LA FIGURE...

PUIS, IL BROSSE SA PETITE CRINIÈRE...

ET POUR FINIR, IL SE LAVE LES DENTS.

humm ! j'adore le dentifrice à la framboise ...!

Ça y est !
TROTRO EST
TOUT BEAU...

MAIS IL A OUBLIÉ DE PRENDRE
SON PETIT DÉJEUNER.
ALORS, IL Y VA...

VOYONS TROTRO !
LUI DIT SA MAMAN.
VA VITE FAIRE TA
TOILETTE...

ALORS,
- IL VA SE LAVER LES MAINS
- IL SE DÉBARBOUILLE LA FIGURE
- IL BROSSE SA PETITE CRINIÈRE
- ET POUR FINIR, IL SE LAVE LES
DENTS !

humm !
j'adore trop
le dentifrice à
la framboise...

Les petites marionnettes

OLIVIER TALLEC

Ainsi font, font, font
Les petites marionnettes.
Ainsi font, font, font,
Trois p'tits tours et puis s'en vont !
Mais elles reviendront,
Les petites marionnettes.
Mais elles reviendront
Quand les enfants dormiront !

Tapent, tapent, petites mains

Tapent, tapent, petites mains
Tourne, tourne, petit moulin
Nagent, nagent, petits poissons
Vole, vole, petit pigeon.

Petites mains ont bien tapé
Petit moulin a bien tourné
Petits poissons ont bien nagé
Petit pigeon a bien volé.

La barbichette

Tu me tiens, je te tiens
Par la barbichette
Le premier de nous deux
Qui rira
Aura une tapette !

La p'tite bête qui monte

Dans mon jardin
Y a un bassin.
Dans ce bassin
Y a une p'tite bête
qui monte, qui monte,
qui monte,
guili guili guili !

Prune pêche poire prune

Janet et Allan Ahlberg

Prune pêche poire prune
As-tu vu Tom Pouce
Se la couler douce ?

Tom Pouce glousse et se trémousse
As-tu vu Dame Tartine
Tartiner dans sa cuisine ?

Dame Tartine trottin-trottine
As-tu vu Cendrillon
Guenilles et haillons ?

Cendrillon trousse son cotillon
As-tu vu les Trois Ours
Sans trompettes ni tambours ?

Attention, Petit Ourson !
As-tu vu l'Enfant-Do
Tombé dans son landau ?

L'Enfant-Do dormira bientôt
As-tu vu Manon
Chercher ses moutons ?

Manon guette l'horizon
As-tu vu Jeannot Jeannette
Galopins galipettes ?

Jeannette et Jeannot
roulent en tonneau
As-tu vu Carabosse
Pic et pic et gâte-sauce ?

Carabosse en balai caracole
As-tu vu Robin des Bois
Ses flèches et son carquois ?

Robin des Bois
heureux comme un roi
As-tu vu les Trois Ours
Chasser aux alentours ?

Les Trois Ours sont sur le pont
Oh oh !
Ils ont vu l'Enfant-Do.

L'Enfant-Do sauvé des eaux
As-tu vu la Tarte aux Griottes ?
Elle attend qu'on la grignote !

Miam miam !
La bonne Tarte attend…
As-tu vu…

Tous ces gourmands !

Le voyage
de l'escargot

Ruth Brown

Bavou l'Escargot
commença son voyage
par un matin lumineux
et ensoleillé.

Il gravit un coteau,
très escarpé,

127

… traversa un tunnel, vraiment lugubre,

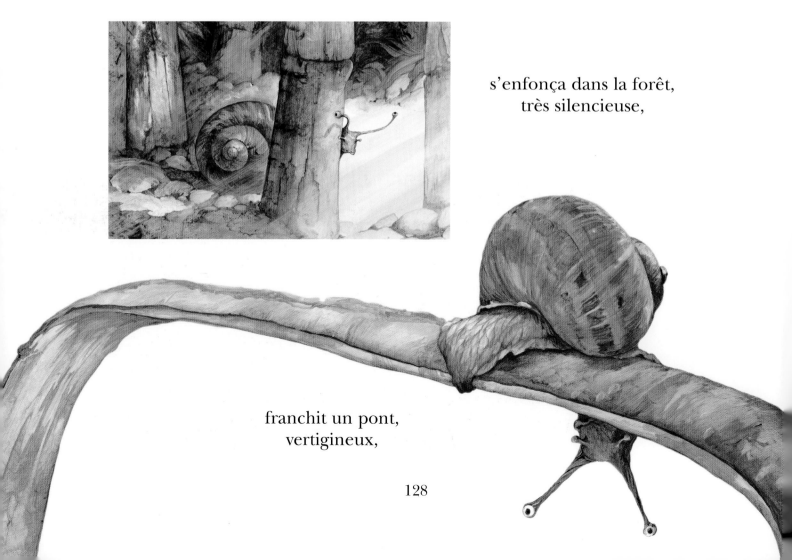

s'enfonça dans la forêt,
très silencieuse,

franchit un pont,
vertigineux,

128

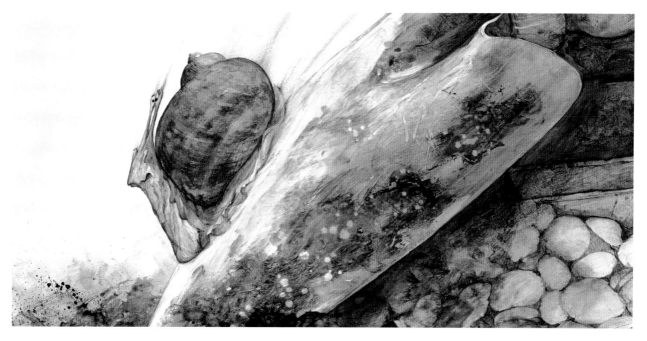

... descendit une pente, très glissante,

atteignit un arceau, très étroit,

… dépassa quelques fleurs,
ravissantes,

et arriva dans une sombre,
très sombre cave.

Il se recroquevilla dans sa coquille, très petite,
et tomba rapidement dans un profond sommeil.

Grand petit

LESLIE PATRICELLI

La tête,
c'est GRAND.

Les doigts de pied,
c'est petit.

Les éléphants,
c'est GRAND.

Les souris,
c'est petit.

Un lac,
c'est GRAND.

Une flaque d'eau,
c'est petit.

Une grosse caisse,
c'est GRAND.

Un sifflet,
c'est petit.

Un bateau,
c'est GRAND.

Un canard,
c'est petit.

La lune
est très GRANDE.

Ma lumière
est toute petite.

Je veux de la lumière !

TONY ROSS

La petite princesse aimait
l'histoire du soir.

Mais elle n'aimait pas le noir.
– JE VEUX DE LA LUMIÈRE !
dit-elle.
– Pourquoi ? demanda son père.

– Parce qu'il y a des fantômes
dans le noir, répondit-elle.
Sous mon lit, sûrement.

– Ne sois pas sotte, les fantômes
n'existent pas, dit Papa.
Et il n'y a rien non plus sous le lit.

134

– Ne sois pas sotte, les fantômes
n'existent pas, dit l'amiral.
Et, s'il y en avait, le général
s'en occuperait.

– Ne sois pas sotte, les fantômes
n'existent pas, dit le docteur.
Et, s'il y en avait, la seule chose
à faire serait de te moucher.

– JE VEUX QUAND MÊME
DE LA LUMIÈRE !
dit la petite princesse.

– Pourquoi ? dit la gouvernante.
Tu vois, Nounours n'a pas peur
du noir.

– Je n'ai pas tellement peur
du noir ! disait la petite princesse.
J'ai plutôt peur des fantômes.

– Ne sois pas sotte, les fantômes
n'existent pas, dit la gouvernante.
Et, s'il y en avait, ils seraient
microscopiques, car je n'en ai
jamais vu !

– Oui, Nounours, les fantômes
doivent être microscopiques,
dit la petite princesse.

Et il faut faire attention à ne pas
les écraser !

– Bonne nuit, dit la gouvernante…
et elle éteignit la lumière.

«Je parie que les fantômes
ont peur du noir aussi», pensa
la petite princesse.

– Ouh ouh ouh ouh! cria la petite
princesse. C'est vraiment un bruit
de fantôme !

– Ouh ouh ouh ouh! cria le petit
fantôme. C'est vraiment un bruit
de petite fille !

Alors la petite princesse se cacha
sous son lit.

Le petit fantôme fit la même chose.

– Bouh ouh ouh ouh !
fit la petite princesse.

– Bouh ouh ouh ouh !
fit le petit fantôme.

Et il repartit en courant tout
en haut du château, là où il vivait.

– MAMAN, MAMAN, J'AI VU
UNE PETITE FILLE !

– Ne sois pas sot, dit sa mère.
Les petites filles n'existent pas !
– JE VEUX QUAND MÊME
DE LA LUMIÈRE !
dit le petit fantôme.
On ne sait jamais.

Le yoga des petits

Rebecca Whitford • Martina Selway

Petit yogi. . . agite les bras comme un flap flap papillon.

Petit yogi. . . se penche en avant comme un ouh ouh ouh singe.

Petit yogi. . .

s'accroupit comme une

coa coa

grenouille.

Petit yogi. . .

se pelotonne comme une

RRRRRRR
RRRRRRR

souris qui dort.

Crédits

Saute, saute, Pénélope !, d'Anne Gutman et Georg Hallensleben. © Gallimard Jeunesse 2005.

C'est génial !, de Quentin Blake. Publié par Jonathan Cape. Reproduit avec l'autorisation de Random House Group Ltd, Londres. Titre original : *All Join In* © Quentin Blake 1990. © Gallimard Jeunesse 1990, pour la traduction française. Traduction de Laurence Model.

Melrose et Croc retrouvent le sourire, d'Emma Chichester Clark. Reproduit avec l'autorisation de HarperCollins Publishers Ltd. Titre original : *Melrose and Croc Find a Smile* © Emma Chichester Clark 2006. © Gallimard Jeunesse 2006, pour la traduction française. Traduction d'Anne Krief.

Un amour de petite sœur, de Jean-Baptiste Baronian et Noris Kern. © Rainbow Grafics Intl-Baronian Books 2005. © Gallimard Jeunesse 2005, pour l'édition française.

Bouh Samson !, de Colin McNaughton. Publié par Andersen Press Ltd, Londres. Titre original : *Little Boo !* © Colin McNaughton 2000 © Gallimard Jeunesse 2000, pour la traduction française.

Je veux ma tétine !, de Tony Ross. Publié par Andersen Press Ltd, Londres. Titre original : *I Want my Dummy !* © Tony Ross 2001, 2004, pour l'édition tout-carton. © Gallimard Jeunesse 2001, 2004, pour l'édition française. Traduction d'Anne de Bouchony.

Les œufs de Meg, de Helen Nicoll et Jan Pieńkowski. Publié par William Heinemann Ltd en 1972, puis par Puffin Books, Londres, en 1975. Titre original : *Meg's Eggs* © Helen Nicoll 1972, pour le texte. © Jan Pieńkowski 1972, pour les illustrations. © Helen Nicoll et Jan Pieńkowski 1972, pour l'histoire et les personnages. © Gallimard Jeunesse 2004, pour la traduction française. Traduction d'Anne Krief.

Pipi caca po-pot !, de Colin McNaughton. Reproduit avec l'autorisation de Walker Books Ltd, Londres SE11 5HJ. Titre original : *Potty Poo-Poo Wee-Wee !* © Colin McNaughton 2005. © Gallimard Jeunesse 2005, pour la traduction française. Traduction d'Anne Krief.

Philou Bébé Pou, d'Antoon Krings. © Gallimard Jeunesse 2000.

Mon bébé, de Jeanette Winter. Publié par Frances Foster Books, Farrar, Straus and Giroux, New York. Titre original : *My Baby* © Jeanette Winter 2001. © Gallimard Jeunesse 2001, pour la traduction française. Traduction d'Anne de Bouchony.

Salsifi ça suffit !, de Ken Brown. Publié par Andersen Press Ltd, Londres. Titre original : *Mucky Pup* © Ken Brown 1997. © Gallimard Jeunesse 1997, pour la traduction française. Traduction de Marie Aubelle.

Petit Gruffalo, de Julia Donaldson et Axel Scheffler. Publié par MacMillan Children's Books Ltd, Londres. Titre original : *Gruffalo's Child* © Julia Donaldson 2004, pour le texte. © Axel Scheffler 2004, pour les illustrations. © Éditions Autrement 2004, pour la traduction française. Traduction de Paul Paludis.

« Dans le pré de ma tante », extrait de *365 contes pour tous les âges*, de Muriel Bloch, illustré par Mireille Vautier. © Gallimard Jeunesse 1995.

Mademoiselle Mitoufle, de Beatrix Potter. Reproduit avec l'autorisation de Frederick Warne & Co., Ltd. Titre original : *The Tale of Miss Moppet* © Frederick Warne & Co., Ltd, 1906, 2002.

Merci aux auteurs et illustrateurs
qui ont eu l'obligeance de nous accorder
l'autorisation de reproduire leur œuvre
dans cette anthologie. Leur confiance nous honore
et leur participation nous est précieuse.

Le trésor de l'heure des histoires

Les plus belles histoires
pour les enfants de 3 ans

Les plus belles histoires
pour les enfants de 4 ans

Les plus belles histoires
pour les enfants de 5 ans

Les plus belles histoires
pour les enfants de 6 ans

Les 25 plus belles
histoires de Noël

Les plus belles histoires
pour l'école maternelle

Les 15 plus belles histoires
pour les petites filles

Les 15 plus belles histoires
pour les petits garçons

Les 15 plus belles histoires
de princes et de princesses

Les 20 plus belles
histoires à lire le soir

Les 20 plus belles histoires
des papas et des mamans

Les 15 plus beaux contes
pour les enfants

Les plus belles histoires
du prince de Motordu

Le grand livre de
la petite princesse

Le trésor de l'enfance

Le grand livre de contes
de Gallimard Jeunesse

Les 40 plus belles
comptines et chansons

Les 30 plus belles
chansons françaises